JN139060

横山武夫歌集

東奥日報社

目次

第一章

山上湖以前

大正八年～昭和七年

歌集「山上湖」

昭和八年～昭和二十一年

五五首

山上湖以前

故郷《くに》を思ふ心はつきじ夕べ来し村は椿の花さかりなり

舞ひあがる土煙《どえん》をてらす日のひかり夕づきゆきてさびしくぞ見ゆ

帰り路のここの寺山日は曇り榾はさびしき花を垂れたり

風なぎてやうやう暗む夕空にかがやきしるき一つ星かも

たけのびてあらぐさ繁る墓山の向ふに麦はなびき光れり

八幡の青葉の森になる太鼓この夜も更けて月のぼりたり

夏の月さして明るき青葉垣祭太鼓の音はるかなり

しみじみと今宵ながむる夏空の青きに浮かび見ゆる雲かも

人は如何にののしるらむもこの我の世にいづる日を待つといふかも

——わが母——

貧しきも富めるも共に睦みあひ生くる術なきか淋しき世なり

寝返れば障子一ぱいの日の光なつかしきかな病はかどらず

日に透きて葉がくれに咲く楢の花生きたしやわが心安らに

堤川すみたる水に星のかげしづみてありきわかれ来しなり

――出郷――

思ひきはまりてともに語れど仰ぐ空ふむ土すべてふる里ならず

顧みて驚かざらめやわがもてるなべては親の血にてあるなり

我が友はみなまだ若し憂ひしらぬ面輪を見ればかなしみ湧くも

——あけくれ　アスナロ創刊——

つきつめてものを学ばむと思へども寂しきときは早く寝《いぬ》るなり

自利の学理をつぶさに説きて一生《ひとよ》終へしアダム・スミスは妻を持たずけり

夕餉して妻とふたりし見る空の　南《みむなみ》かけて星多く匂ふ

汝がゐねば夕べ　わが掃く室のうち長き抜毛《ぬけげ》のあるもさびしく

父逝く

——昭和四年十一月二十八日——

健やかなる命の終りかくばかりたはやすくして呼べど答へず

父の死に間にあはざりし弟に泣くなと言ひてわれも泣きたり

あなやと見るまに父の亡骸《なきがら》は鉄のかまどに入れられにけり

水かへて朝々すがし冬ながら天《あめ》にむき咲くうつぼさうの花

冬近き光するどく冴えかへり命のながれゆき止《とど》まらず

「赤彦遺言」を読む

赤彦の命のはての歌読めばこころにしみておののくものあり

いやはての命をおもひ臥《こや》りゐし赤彦を思ひ涙湧きいづ

歌集「山上湖」

日ごろ

年老いしもののごとくにて虚《むな》しさの昨日も今日もわれを離れず

生くるものみな苦しみてありぬべし諦めしごとくわれは起き伏す

貧しさの極みにありて生くるもの世の常ならぬ理《ことはり》をおもふ

若き者も老いしも感傷をうたふのみ文化などいふ語もはかなくて

阿迦水のしみゆくみれば子規居士のみ墓の石の肌荒くして

――子規居士の墓――

年ひさにおもひ来《こ》し君が墓どころ若葉のあかるし春ふかくして

常臥《とこぶし》の病ひの床にますらをのひたぶる歌を君は叫びし

現し世の縁《ゐにし》を思へばかたぢけな陸羯南《くがかつなん》はわれの国人《くにびと》

手を触りてものいひがたしみ墓石若葉にむかふ空曇りつつ

細竹のそよぐをみれば春もはや深くなりゆく奥津城《おくつき》どころ

たまさかに早く帰れば声あげてこもごもに子のすがりつきくる

ゆとりなく生くるくらしの危ふさを年を瀬にしてまた思ひいづ

昨日今日妻に言葉あらくあたりつつわれは疲れて論稿をかく

子の歩みあやぶみ人の通り少なき巷の路を選びてゆける

高山の雪をはるかに指さして子を抱きあげ見せにけるかも

現し世によき師にまなぶ幸《さきはひ》を仕事のひまもただ思ふなり

――藤澤古実先生――

わが歌をいましめたまふみふみには赤彦先生のみ言葉もひきぬ

喜びは身にあまるかもみ返しのふみも忘れて日を過ごしゐつ

五月晴れし空の青さよひるがへる若葉の森を見つつぞ歩む

日は没《い》りてながく明るし若葉の森を子は郭公の真似して通る

亡き父にそなへまつると幼子は蕨を手折るのびすぎたるも

十和田湖の水注ぐ渓とこしへの滝つ瀬なして轟けるかも

――山上湖――

苔蒸せる巌《いは》に大樹の茂りあひ常世《とこよ》ながらの渓のしづまり

奥入瀬の谷の大岩の群りは苔しぬぎつつ羊歯しげりあふ

とこしへに輝く命をわが思ふ山深くしてみち湛ふ湖《うみ》

歎きつつ移り来し町にゆたかなる流れがありて起き起きにゆく

隣家《となりや》に息せき泣ける声あれば吾子《あこ》がまつはり来たる思ひす

七人の子等にかまくるのみの妻に老《おい》の 幸《さきはひ》 あれよと願ふ

第二章

歌集「山を仰ぐ」

昭和二十二年～昭和三十七年

歌集「太陽光」

昭和三十八年～昭和四十六年

一二二首

歌集「山を仰ぐ」

かすかなる我と思へどひと筋の道歩みつぎ生きゆかむとて

——退職——

赤彦の一生《ひとよ》に似つる過ぎ来《こ》しと思ふよすがのあるさへかなし

年若き君等をおきて別れきぬ一生《ひとよ》まつはらむ今日のかなしみ

夜半にさめて眠りがたきかも明日よりは携はる仕事のいづくにもなし

極りて生くべくなりし我がために君が情の限り知られず

――村本喜四郎君――

白くなりし頭髪のことを誰もいふ職退きし我にむかひて
心虚《むな》しき我となひそある時は心たぎちて憤るまま
いかならむ花か咲くらむ割れそめし蕾の先の朱《あけ》すがすがし

――春山――

ほのかなる木《こ》の芽の朱《あけ》を見てをりて病むわが妻を嘆かざらめや

まんさくの黄なるかすけさ目にとめて友も春山をのぼりゆくらし

今朝友は我を励ましぬまんさくの咲く春山にきて心あかるし

限りなき思ひしてをりつ春嵐ひた吹くなかのまんさくの花

妻病みてすでにし久し幼子の遊びは注射のこと薬のむこと

病むならば子を持たぬ前といふ妻の嘆きはしみて我も思ふぞ

機構あり配給のなき時代に生き妻も子も病むいかにかもせむ

梨の実の日ごと色濃くなるさまを病む妻のへにゆきて語らな

限られし話題のなかに病み妻とありありてすぎむ月日かと思ふ

悲しみのなかの一人にてあり給ひ巡り来ましぬこの北の国に

——昭和天皇行幸——

振りたまふ帽子のゆがみ眼にとめて心熱《あつ》し今日の行幸《みゆき》の

みことのり畏みしゆゑ若くして世にひそかにしあるものを顧み給へ

鱈の子は育ちゆくらし蒼暗く水みち湛ふ冬わたつみに

敗れはてし国なれど戦ひのときよりも畦刈り稗抜きゆたかなる田よ
——大沢寿夫君を訪ふ——

少年にて歌つくる君等と語りたりき涙湧きくるごとき思ひぞ

星ひとつ月にまぢかく澄みつけり病む妻も家の子等もかなしも

病みてゐても母はいつまでも生くるとぞ思ふらし幼子もその上の子も

ただ僅かに食らふことにのみ追はれつつ乱れし短歌わが吐き出だす

我が妻登美逝く　昭和二十五年二月二十八日

今しがたまで我を意識してゐし妻の呼べど答へず息のみかよふ

庭の胡桃《くるみ》に鳥も来て泣けそれをのみ呼びてこやりゐし妻の息絶ゆ

人にうつる病ひしかなし亡きがらにすがり歎かむを人等はばむ

子にすがる意識の痛み超えにきと悲しかなし妻よ死はひそかにて

父われの身を母ともし七人の子等を育てて生きなむわれぞ

をとめの像

十和田湖畔のをとめ像は高村光太郎先生の作
設計は谷口吉郎博士、横山武夫は県副知事として建設に当る

メトロポールは山にありとぞカルデラ湖の水のほとりにたてる乙女子

みちのくの土の命をもりあげて乙女の像のたもつ量感
こひねがひただ純粋の生にして光をつつむこの孤独感
――高村光太郎先生――
乙女像たてる林に朝《あした》よりなべてをきよめ雨降りにけり

夜をとほし短歌一首をなしあぐむこの執心を自ら嘲ふ

誰も彼も力によりて争へり口とざしわれは獣のごとし

世にすねてゐると思ふな雀呼び朝のひとりを保たむわれを

月の夜の光を語り月沼に妻と子とゐて時すぎやすし

高校生の我子等足早く登りゆき落葉をひらふわれをかへりみず

おののおのの樹に異りし音たてて風さやぎつつ秋のしづまり

つづまりは何に倚りゆく身辺のなべてきびしきあけくれにして

新しく生るるものをよろこべとわが足もとにたつ小吹雪

雲早く流れて空の月あかり小さき月の真澄《ますみ》かなしく

仕事なき年のはじまり茫々として過ぎゆくもこころ楽しく

くれなゐの黒ずむばかり熟しきり手も触れがたしりんごの一顆

白雪をかかげて天に聳えたまふわがたましひの山八甲田山

――青森市諏訪神社境内歌碑のもと歌――

きびしくも過ぎし十年か東北をおこすと心ひたむきにして

咲きみちて光のごときバラの花よろこびの花よわが庭のうち

挫折せむとしてゐたるとき亡き父が叱咤の声となりて迫りきぬ

知事の胃切除妻の舌切除のあひつづきおのづからきびしわが答弁は

苦しみのなかに歓びありといふこの単純を繰り返すのみ

歌にきほふ小集団があけくれの力となりて吾をささふる

いち早く黄になりてゆく一本あり橅《ぶな》の林のただなかにして

岸の辺のななかまどの実は身にぞしむ祈りをもちて湖《うみ》わたりきて

湖の水われを呼ぶいくたびかひとりしわたり悲しみあらふ

歌集「太陽光」

暁の空ながれくる風の音きよくつつましき音つたへくる

苦の連続といはばいふべきひと年の過ぎゆきてはや夢のごとしも

梅雨の雨がおもく降るさへこころきほふ幾年ぶりぞ先生と会ふは

——藤澤古実先生——

酒飲まぬわれ等ひと皿のランチ食ひ語りてあかず赤彦のこと「国土」のこと

過去きびしかりき未来なにぞもとあらはには言はず別れき共に老いづく

身体《からだ》きかなくなるまでもかく生き来《こ》しと嘆きいふ母に何をなすべき

病み癖のつきてわが母のいよいよ老いあるときはきびしき言葉のみいふ

県副知事を辞めたる我れにことさらに疎くなるひと近づき来たる人

命あやふく癒ゑたる妻ときたり見つ山水のあふれ下る生動

みちびきてゆきしが谷のあつもり草一輪草らの花みなすぎぬ

水荒くゆく対岸の低山に山鳩なけりただひとつのみ

若くしてともに教へき去年《こぞ》までは知事、副知事なり涙嚙むわれは

——山崎岩男知事逝く——

人のため働きて働きて自らは貧しきものとして過ぎにけり

み寺にて育ちて信のあつかりき知事室の乾漆《かんしつ》観音像のおもかげ

迎へくれしダウアー夫人が妻を導きてくりかへし語る着物の美のこと

――アメリカの旅――

天のなかにユタの山たてり穢れなき雪のかがやきのただごとならず

午後二時すぎて空界のなか千切れ雲ひとつひとつの夕焼となる

生きものの気配絶えたる虚空《おほそら》を翔びて妻とゆく遠きアメリカ

心ひとつに妻を守りて光のみ充ちたる天《あめ》を時長く翔びぬ

「永遠の炎」小さくケネデーの土葬の墓には碑もなにもなし

——ワシントン——

ウオール街のビルの谷間や底深く人間らみな小さく動く

――ニューヨーク――

稚拙にて思ひみなぎる文字もてる東洋の墓のみ並ぶ一室

――ボストン美術館――

秋の日の暗がりはやきボストンに妻とかなしみ見し飛天像

暗殺現場の十文路《つむじ》のほとり人工の泉湛へゐて心たぎりぬ
——ケネディ大統領の暗殺現場——

ファナテシズムの罪消えざらむ神の愛を求めて建てしこの国にして

敗戦の故といはめやダラスにて我れのささげし平和の祈り

昭和四十一年六月十三日舌癌のため妻福逝く

汝が気配《けはい》家ぬち何処にもありありてまさしにはなし悲し悲しただ

妻逝きて人居らぬ如き家《いへ》ぬちに葭切《よしきり》の声のみひねもす透る

妻とわれ起きゐて聞けり夜半にして人呼ぶに似て鳴ける水鶏《くひな》を

——亡き妻に——

雪おほふ奥都城にして底ひなき土に帰りゆくか妻のなきがら

朝あけて空渡る風あたらしく甦へるものの声伝へ来《こ》よ

奮ひたち生きむと願ひし幾たびぞ妻死にて間なく古実先生も逝く

世の古実批判ともあれひと筋に導かれ来《こ》しわが三十年

起き臥しのわが小房にをろがむは師の手造りの小菩薩像

職を離れしわがあけくれの心開く寂しき性《さが》の赤彦の歌

——島木赤彦の墓参をなす——

死に近き日の歌しのぶ壁古りて遺影ひとつのみの山房の部屋に

娘《こ》とふたり古庭あゆむ赤彦の聞きし鳥が音をわれも聞かむぞ

月面の静かの海に影ながく人間ひとりの立てるさびしさ

あふぎ見る月冴えわたり現し身に美しきものの永遠《とは》に美し

朝々の目ざめの心さびしくて老《おい》の日我れにさだまらむとす

蟬が木に鳴くよといへば抱かれゐて幼児は蟬の鳴声をする

——孫俊夫、三歳——

わが室に入るたびごと幼児はわれにのみ分る挨拶をする

逝く夏の空に湧きたつ白き雲幼児はしきりに指差し示す

導かれ来し園には泡《あぶく》あげ響をもちて湧く泉あり

——東京アスナロ会の人々と——

暮れてまだ沼水ひかる園のうち桂とならびハナミヅキ咲く

ハナミヅキの花咲く見むと来し園にて会ふおほかたはヒッピー若者

学び舎の大きガラス窓に飛びきたり身を打ちて死ぬ野の鳥あはれ

県副知事、学長、市井《しせい》の歌つくりなにが残らむわが死《しに》の後に

利用されてゐるだけの立場と思ひ知る老いてはひそかに生くべきものを

われ古稀の齢となりぬ単純の生願《せい》はむもかなしみのはて

父の齢はすでにし越えき八十八歳の母の一生《ひとよ》や昨日のごとし

生の拠処《よりど》さだまりがたく生ききたり漂ふごとき七十年ぞ

頂の雪匂ふばかりかがやきて天に厳そかや八甲田の山は

稲藁の野焼《のやき》はすぎて空青く澄む日つづけり雪近くして

力のみに拠《よ》るごとき虚《むな》しき日々なるか個の力、衆団の力、大国の力

十三潟行

大沢寿夫、加藤文則、尾野康憲、中村雅之
五林平武雄、須々田一朗の諸氏同行

黄金色《こがねいろ》に海の涯の空かがやくを寂しくなりてわれは見てたつ

冷えわたる潟《かた》の濁りを見つつ来て眼界《まなかひ》に海の波動はきびし

冬海となる日本海の波の色ふたざまにあひ分れ激《たぎ》てり

時の逝くはかくの如きか空と海の連なり照らす白《しろ》の太陽光《たいやうくわう》

——つがる市弘法寺境内歌碑の歌——

海の涯の波に照りかへり照りかへり太陽光白し人呼ぶに似て

逆巻《さかま》きて波湧きかへる海のはてに岬の岩の光なく立つ

み冬未て日の没《い》り早しひとときの地平の波の輝くを見よ

千切れつつ雲屯《たむろ》する空の下大き流動の海横たはる

ひとつ岬の岩肌の光冷えきりてたちまち空も海も暮れゆく

岩木山に冬笠雲の動かぬを友と潟に見きいかなる幸《さち》ぞ

第三章　歌集「白木蓮」

昭和四十七年〜昭和五十二年

四七首

歌集「白木蓮」

梢にて花咲きそめしまんさくに雪まじり吹く二月盡の風

春の香の動かむ気配水の辺の木に膨《ふく》らみて鳥の憩へる

音のなき夜の時は来む家並《やなみ》のうへ夕焼残り月さえざえし

老いのみのくらしとなりてこの年の追儺の豆は声たてず撒く

訪ねくる人いたく減りおのづから老いの生活《くらし》のさだまりゆくか

春来たるうつつの動き雪消えし屋根に音ひびき暁の雨

閉ざされし冬は逝かむぞ大屋根に音さだまらぬ長き雨降る

起き起きにわれのまむかふ雪の庭に一木《ひとき》まんさくの黄の花の群れ

花よりも人ははかなし汝逝きて後《のち》の年々のまんさくの花

細花《ほそばな》の黄花《きばな》まんさくの咲きしより冷たき風は雪をまじへず

透視写真に曇れる腸が写されて切除手術の外術《すべ》なしといふ

わが腸にメス入れむその一瞬の医博士《いはくし》の友が心いかにぞ

たはやすく死を語るなかれ腸切除されて老いわれの命あたらし

病ひ癒えしとみづから思ふ赤彦を昨日書き今日は画論書きつぐ

段丘にむかひひた押しに海ひらけさへぎりのなきものの明るさ

眸《まなこ》鋭き弘法仏《ほとけ》野にいましさづかりし命拠りて息づく

癒えていま野の花に言はむ何ありやふたたびの命ただ花を見よ

九月十三日　棟方志功画伯逝去

現し身の亡きをし歎け十二使徒釈迦十大弟子みな君がたましひ

板画《ばんぐわ》み仏もいま悲しみに声泣かむわきても女人《にょにん》観世音菩薩

万有を喚《よ》びいれて彫るたましひは日の神となり海《わた》の神となる

沢瀉《おもだか》の風かなしみし棟方志功その風となり還りきたれよ

風に乗りて還りくるものの声きこゆさざ波たちて秋善知鳥沼《あきうとうぬま》

たましひは在りともかなし眼のまへの水におもだかのなよなよとして

共に学びし小学校前の大き沼刺魚《とげうを》棲みきおもだか咲きて

ベートーヴェンの歓喜《よろこび》の歌新田《しんでん》の弥三郎節《やさぶらうぶし》みな拈華微笑《ねんげみせう》の界

高枝の白木蓮花《はくもくれんくわ》　梅　桜ひとときにして花咲くものを
香にたたず花咲きみちて天《てん》よりの光は白《しろ》のとほるかがやき
いましめて病みあとをきて三年《みとせ》いま命さやかに花とあそばな

澄みとほり白《しろ》のかがやくは花の群《ぐん》かへり来ぬものの嘆きはありて

風かよふときに輝く白花《しろはな》を天《てん》の光といひし忘れず

われ今の時間《とき》をおろそかに思はねどかへりみる悲しみはつねにあたらし

花型たかき白花を見て年々のわがかなしみはおなじさまならず

滅ぶべきものはほろびぬ消ゆるなき嘆きのなかの白花《しろはな》あかり

白花のみつる木のまにこの朝を番《つがひ》の小鳥しきりにうたふ

朝しばし小鳥きて鳴く白木蓮の夜の花の香ののこるしげみに

冷夏嘆く庭の夕べを鶏頭の葉のくれなゐも黄もいよよ燃ゆ

思ひいづる友の二人よ白花扶蓉《しろはな》紅花扶蓉《べにはな》のともに咲ききて

歌碑建つ

昭和五十一年九月十五日木造町郊外
弘法寺の寺庭にて歌碑の除幕式

わが山と仰ぐ岩木嶺を見はるかしたまものの大き歌碑は立ちたり

うち破《わ》れし石かなしめど夜を寝ねず歌彫る石工に感動やまず

きびしくも人ら生きつぐ屏風山の寺庭の歌碑とみ仏たちよ

さまざまに過ぎ来《こ》し我れや家族《うから》らとたまものの歌碑に玉串ささぐ

彫り深きわが歌碑の文字に雪氷り過ぎゆかむ冬を人もわれも知らず

七十歳をはるかに超えてをりふしの思ひかがやくを誰に告げむぞ

氷るごとき海波わたり歌碑に吹く風も思ほゆ吹雪もおもほゆ

寒もなか空閉ざし降る寒雪《さむゆき》をいただくごとく老松《おいまつ》たてり

わが齢《よはひ》より年古りしげる庭松に雪ふかぶかとつもりたるかも

雪踏みていで来ては見つ白木蓮の梢に花芽のかがやきもつを

第四章　歌集「清泉集」

昭和五十二年〜昭和五十七年

五二首

歌集「清泉集」

雪に埋みて音なき街の朝明けて大き太陽光のかがやき

七十歳を過ぎきていまもこひねがひ歌にしありといひて嘆きつ

家建ちてさまざま変りしが桜咲けば庭にふた朝をうぐひす歌ふ

——春愁——

あと幾年の勤めともわれの思ふゆゑ苦しみもまたよろこびのうち

あたらしき命まさしくさだまるかあとひと月にて術後の三年《みとせ》

露おりしマルメロの花に風さわぎ病む人ゆゑに安からぬ朝

花を見つつをりて嘆きぬ三年《みとせ》まへ　わがゐし病棟にいま汝は病む

命ひとつ祈りてありき藤浪の垂るる真下のわが庭の朝

去年《こぞ》につづき冷夏せまるか薄明の森に閑古鳥《かつこう》の声は鋭し

漁業交渉はかどらぬまま稲育つ五月六月を偏東風《やませ》日々吹く

冷夏おそふ気配いちじるし八甲田山の YZ《ワイゼット》 雪谿を雲ははなれず

かへりみて若く教へし日々のことかなしみとして思ふことあり
——回想——

戦争にかかはらず過ぎし学園のあけくれは山も海も恋ほしく

灰燼のなかに滅びて新しき命生きむと思ひさだめき

昭和五十二年十月二日、天皇陛下を棟方志功記念館に奉迎す

滝にうたるる独眼青の不動尊みつめ立たししみ姿よみ姿よ

葦沼に蓮咲きおもだか咲き水鳥の遊べる板画にうなづき給ふ

棟方志功の油彩画のことを問ひましし言葉よたまもののごとく思ひぬ

好みたる弥三郎節《ぶし》の民謡《うた》に触れ「哀嫁の柵」のかなしみ深し

身体もて語る志功の声あれよ天皇陛下ここにいましたまひて

にはかにも娘《こ》の夫《つま》逝きてまんさくの花咲く日々を茫然自失す

昨日《きそ》おそく君の手握りかへりきぬ暁ははや息絶えて臥す

喉《のみど》手術してもの言へず筆談のわれの言葉に涙あふれぬ

幼児の手をとりみ骨《こつ》を拾はしむわがこの惨《さん》を人見るなかれ

墓文字を書かむとするに迫りくる眼鏡の奥に澄める君が眼

幸《さきはひ》はこの子等にあれ写真《うつしゑ》の父よりほかに父はいまさず

悔やしみは渦まくごとく疼くなり若き君の死や甚深《じんじん》無常

いさぎよく花は散りつつ沙羅の木の緑葉の照りいよいよ清《すが》し

高台の寺庭は風のかよひ来ず曇りに映ゆる沙羅の木の花

アスナロ創刊五十年号成る

アスナロに拠りて歌作る五十年かかる一生《ひとよ》をわがものとしつ

半世紀を歌作りきぬ悲しみの歌のみ多くこの道知らず

東奥賞受賞　昭和五十四年十二月六日

年若き三人《みたり》とアスナロを創めたりその一人だにいまは歌なし

作歌五十年といふに賜はる大き賞老いていただくは悲しみに似ぬ

昭和五十五年一月二日　弟文夫逝く

命はも逝きて帰らずいづこにも面影たちて悲しただ悲し

散りて崩れぬ沙羅双樹《しゃらそうじゅ》の花を手にとりていまも忘れがたき一つ二つの言葉

青森の海の夕焼うつくしと言ひし面輪よ思ひいづるに

幼くて家を離れぬ老い母を恋ふるこころやわれよりはげし

諍ひし記憶はなくて恃み来し汝との七十年は終りぬ

昭和五十五年十月五日「山を仰ぐ」の歌碑除幕

歌碑たつといふは畏し戦の火に焼けざりし欅の木下

奥入瀬《おいらせ》のさやけき小石《さざれ》敷きならべ青錆びさびてたてる歌碑はも

歌碑たつは諏訪のみ社若くしてテニスの勝利ここに祈りき

蒼き石に蒼きブロンズをうち据ゑていかなる老をわれの待たむぞ

濁りなき老いの日願ふさまざまに生ききて大き歌碑賜りぬ

五月十六、十七日

秋田県角館町に平福百穂の跡を訪ぬ

同行はアスナロ同人十人

茂山《しげやま》をめぐり音なき川流れ人の過ぎゆきは夢のごとしも

赤彦を語り百穂をしのびつつ角館の夜の会食をはる

宵早く梟鳴けり年長く思ひ来し百穂の生まれたる国

話やめて聞けば梟はこの宿の木立にありて夜々を鳴くらし

市《いち》なかの浅宵にして梟の声さへ親しもの言ふごとく

赤彦も宿りし家で驚きて人の縁《えにし》を思はざらめや

——石川旅館——

「その芸術と人格と人生に光被せよ」肖像《うつしゑ》きざみて百穂の歌碑

五十年を過ぎては知れる人もなし赤彦が詠みし鰍《かじ》ヶ瀬《せ》の川

古国《ふるくに》に亡き人しのび昂りてわれに貧血の発作おこりぬ

校歌ひとつ作ると病みの赤彦のわたりし湖に友と遊びぬ

第五章　歌集「南窓山房吟」

昭和五十八年～平成元年

五三首

歌集「南窓山房吟」

わが歌碑　山を仰ぐ

白雪をかゝげて天に聳えたまふわが魂の八甲田山

八十一歳の年始めにてわが歌碑の雪をはらひてありにけるかな

幹裂けし欅大樹のかたはらにたちてわが歌碑のいたく小さし

雪の中に小さくなりて碑はたてりさむざむとして光なき石

雪どけの滴にしとど石濡れて歌碑の金文字いよいよ清《すが》し

春に向ふ空あかるくてわが歌碑の金文字あせず三年過ぎたり

大川を越えきて風はわが歌を刻みし石に光を送る

冬の木となりて碑を蔽ふ大欅苦に沈むわれの日々を守れよ

ある夜来て石にむかへばブロンズの金文字映えてわれにもの言ふ

さまざまに人は生き死にゆくものを老いていまわれは闘ひの人

冬の雨に濡れしまんさくの太幹の白斑《しらふ》あざやかに朝のよろこび

荘厳《しゃうごん》のとき

いま朝の荘厳のとき蒼穹《おほぞら》の光の中を白鳥かへる

先導二羽両翼二十羽の白鳥が見よ朝明けの空渡りゆく

白鳥の帰るは北遠き海といふ氷塊の海は思ひ知り難し

整然として空渡る白鳥を立ちて見てゐて涙いでたり

自らの性《しやう》こそかなし春はシベリヤに冬はみちのくの海に棲むとぞ

一羽にても病むことなかれ北に帰る白鳥を見つつこころ極まりぬ

雪の上にいち早く散りしまんさくの花にはすでに春動く見ゆ

白花騒然

白花の生気かがやき独り来て木下に立てば散る花弁あり

わが額に触りて地に落ちし木蓮のいくばくの花か褐き班《ふ》もてり

白木蓮の咲く花はみな開ききり朝の疾風に散りて還らず

春嵐ひた吹き荒れて白木蓮の花騒然として散り乱れつつ

慌しく白木蓮の花散りて嫩葉《わかば》ひとときに萌ゆるさやけさ

ひとときに散りゆくものの清しさをこの花を見て思ひ尽きざる

汝が魂も還りきたらむ天に咲く光の花とも言ひし白花

老ゆゑの不安となりて残りしかこの冬みたび風邪に臥せりし

月も星も

ま近くに星ひとつかかりあかあかと今夜《こよひ》の月の冴えわたるかも

携る如く天には月と星照りつつ時の過ぎゆき早し

月も星もあひ寄り光り輝けり限りも知らぬこの宇宙界

永劫の時の流れとわれ嘗て校歌に詠みき月の光星の光

家持の吉事《よごと》の歌を口ずさむ八十六歳のわが年始め

新年《にひどし》に吉事願ひし歌読むに短歌重しと思ひけるかな

大き先生の魂いづこ上ノ山の干柿《ひがき》食ひつつをりて思へる

序文いくつ書き送りしか友らみな生《いき》の苦しみを歌にしつくる

露草の花

追想　故竹内俊吉氏

偏東風《やませ》つづき蟬の鳴かざりし夏過ぎてこころ虚しも昨日また今日

「万里悲秋の旅人ならず」大陸の天地のなかに身を置きし君よ

トルストイの旧居のあたりにて露草の花見しよろこびを君より聞けり

ヤスヤナポリヤナと呼びこころ親し少年にして讀みしトルストイ

亡き人のたまもの故に刈らざればいづこも庭は露草の花

偏東風寒き夏を露草よく茂り花の瑠璃の色いよいよさやけく

吹き通ふ風も見えつつ朝々の光秋なり芙蓉の花群《はなむら》

水に咲く花のとき早く過ぎゆきてヒツジグサ枯れ音絶えし沼

ただ一羽にて鴨遊ぶ沼の寂しさよ秋水澄みて生くるもの見ず

今日の命　三月三十日手術、四月二十一日退院

まさやかに狭窄したる大腸が映しだされぬ何と言はむぞ

狭窄せる大腸を切除するほかに命救はむ術なしと聞け

医博士の友の決断に従ふのみ命はまこと神のもの佛のもの

若き麻酔の医師《くすし》のことば聞きゐるつつたちまち襲ひきぬ無意識の界

剃毛《ていもう》する看護婦の手はふるひきて怖れ息のむ病人われは

腸の手術癒えて帰り来し家庭《いへには》に光のごとく桜咲きたり

古人《ふるひと》とあひ会ふごとし帰り来し庭に桜のま盛りにして

涙流れて花にし向ふ危かりし病は癒えて今日の命よ

健康はいつかへり来む働きし日々を思へばいたくはかなし

赤彦に拠りて歌作る五十年アスナロの歌いまわれにあれ

あとがき

このたびはまた「東奥文芸叢書」の第2次配本（物故者を含む）の選歌及び編集をお任せいただき光栄に思っております。しかも、永年指導をいただいた師匠横山武夫の遺された歌集とあってかなりプレッシャーがかかりました。しかも対象となる短歌は約五千首、そのなかから三六〇首を選ぶとあって容易なことではなく、試行錯誤をくり返しました。

横山武夫は、特記するまでもなく公的要職にあった人なので、その作品は記録性を有する公《おおやけ》のものであったり、一人の人間としてのごく私的なものであったりで、どう整理して読者に提示すればよいのか苦慮いたしました。結果としては、ごくしぜんに読みやすいものとするため、ほとんどをこま切れにし割愛しながら編年でまとめました。

ただしそれだけでは、横山武夫個人としての作品の特質、本質をつかめないことになるので、最晩年の歌集「南窓山房吟」のみは、歌本意の連作のままとし代表的なものをとり上げさせていただきました。

作品は他にまだまだすばらしいものが多く心残りの多いことになりましたが、これを足がかりとし遺された歌集六冊について図書館ででも読んでいただければ幸いと思っております。

平成二十七年六月

内野芙美江

略年譜

横山武夫（よこやま　たけお）

明治三十四年生まれ。

大正八年「潮音」に入会。十三年慶応義塾大学経済学部卒業。昭和三年「羅漢柏《あすなろ》」を創刊。九年「笹森儀助翁伝」を刊行。十九年青森県地方視学官、二十年県立青森中学校長。二十五年青森県教育委員会教育次長。二十七年から三十八年青森県副知事。紺綬褒章受章、青森県文化賞受賞。県文化振興会議会長。「わが心の人々」、「わが心の島木赤彦上、下」刊行。棟方志功記念館館長、県歌人懇話会会長。歌碑二基、つがる市（西弘法寺）「太陽光」、青森市（諏訪神社）「山を仰ぐ」。

平成元年八月永眠。八十七歳。

東奥文芸叢書　短歌23

横山武夫歌集

発行　二〇一五（平成二十七）年十一月十日
著者　横山武夫
発行者　塩越隆雄
発行所　株式会社　東奥日報社
〒030-0180　青森市第二問屋町3丁目1番89号
電話　017-739-1539（出版部）
印刷所　東奥印刷株式会社

Printed in Japan　©東奥日報2015　許可なく転載・複製を禁じます。定価はカバーに表示してあります。乱丁・落丁本はお取り替え致します。

ISBN－978－4－88561－215－2　C0092　￥1200E

東奥日報創刊125周年記念企画

東奥文芸叢書　短歌

梅内美華子　福井　緑
工藤　邦男　福士　修二
山下　正義　工藤せい子
平井　軍治　中村　キネ
中村　道郎　佐々木久枝
道合千勢子　兼平　勉
山谷　久子　内野芙美江
斉藤　梢　秋谷まゆみ
大庭れいじ　間山　淑子
菊池みのり　吉田　晶二
寺山　修司　三ツ谷平治
横山　武夫　兼平　一子
中里茉莉子　三川　博
福士　りか　山谷　英雄
松坂かね子　鎌田　純一

（既刊は太字）

東奥文芸叢書刊行にあたって

青森県の短詩型文芸界は寺山修司、増田手古奈、成田千空をはじめ日本文学界をリードする数多くの優れた文人を輩出してきた。その流れを汲んで現代においても俳句の加藤憲曠、短歌の梅内美華子、福井緑、川柳の高田寄生木など全国レベルの作家が活躍し、その後を追うように、新進気鋭の作家が次々と現れている。

１８８８年（明治21年）に創刊した東奥日報社が１２５年の歴史の中で醸成してきた文化の土壌は、「サンデー東奥」（１９２９年刊）、「月刊東奥」（１９３９年刊）への投稿、寄稿、連載、続いて戦後まもなく開始した短歌・俳句・川柳の大会開催や「東奥歌壇」、「東奥俳壇」、「東奥柳壇」などを通じて、本州最北端という独特の風土を色濃くまとった個性豊かな文化を花開かせてきた。

二十一世紀に入り、社会情勢は大きく変貌した。景気低迷が長期化し、核家族化、高齢化がすすみ、さらには未曾有の災害を体験し、その復興も遅々として進まない状況にある。このように厳しい時代にあってこそ、人々が笑顔と元気を取り戻し、地域が再び蘇るためには「文化」の力が大きく寄与することは間違いない。

東奥日報社は、このたび創刊１２５周年事業として、青森県短詩型文芸の優れた作品を県内外に紹介し、文化遺産として後世に伝えるために、「東奥文芸叢書（短歌、俳句、川柳各30冊・全90冊）」を刊行することにした。「文化」の力は地域を豊かにし、世界へ通ずる。本県文芸のいっそうの興隆を願ってやまない。

平成二十六年一月

東奥日報社代表取締役社長　塩越　隆雄